Quantum Integral

INUMARU XENO
戌丸 ぜの

郁朋社

くぉんたむいんてぐらる

∮1　Light illuminated in light　光に照らされた光

「れぼりゅーしょん」

広大な世界だけど、あるいはとても少ない世界。
でも、ここにはいろんな生き方、見方、考え方があって、
少し角度を変えるだけで、次の瞬間にはぜんぜん違う様相になる。
師が云いました、
「すべては関係していて、すべてに意味がある」
卜《ぼく》らは、うまれあってきたんだよ。

螺旋状に、組み上がってゆく光と闇。
卜が、どれほど迄に焦がれてきたか、追いもとめてきたか。
でも、あとはしっかりと手を伸ばして、
上に上に、行くしかないじゃないですか、瞬間の姿へ。
だからね、卜の手のなかにはもう、
喜び、しかないよ。

先には、先が。そのまた先には先が、見えるだけだけど。
その連続だけれど。
また、師が云います。
「良い方向に、解釈していけば、いーんだよ」
基本ぜんぶ、参考文献０のト仕様で、
丁寧に最善を尽くしてゆけ。

焦ることはない、願いはね、叶うみたいだ、真剣に思えば思うほど。
伸びすぎたって、伸びすぎることはないだろう、
０からの再構築、
ぶるーぷりんとあうとぷっと《たましいのひょうげん》。
それは、トの役割、即ち、
革命、なんです。

「はみんぐわーど」

静かに時間を待ちながら世界に溶ける、
白く深い空を胸に抱いて、
広く降りおちるだろう世界は泪ごと。
少しひんやりとした空気を感じたまま、
目の前に繰り広げられる文字の式を増殖させると、
記号だったそれは、突然意味を持ち始める、
それはまるで。
パンデミックに。
かなり、美しく。
指から溢れるさまざまな色をした式を整え、
世界中におしだすのです。
複雑かつ単純に。
シンプルなほど、それは立体になっていく。
圧力を持ち、立ち上がり始めた一文字ごとのすべての、

能力さえ、引き出してみせよう、
式文字の中に沈み、ひそんでいた真実ごと。
独り佇み、ゆったりとまとう、その空間ごと。
包み、包まれるように。
コトバは熱をおび始めて、もう飛び立つ準備はしている、
音もなく翼を広げて、踊る真っ白な鳩の姿で。
世界を飛び出して、宇宙にさえも、自分の声さえ、
聞こえなくなるところまで。
光の生まれる、遥かなところまで。
見に行きたいんですよ。その先を。
先には先が、待っているとしても。
幾度も夢にみて、塗れながら飛び立っていく、
その姿に見とれました、
こんなに小さい魂であるのに。
今にも消えそうな、灯であったのに。
復活していく細胞のひとつひとつが、唄を奏で、
眩い心のまま、
舞い上がります。

「蒼の射す序曲」

蒼穹へ駆け抜けていく鳥の、瞳に映る世界に行きたかった。
突然の風を感じると、ワルツのリズムで舞い上がる白く、どこまでも、
広がってゆく翼を、ください、
こんぺいとうの咲く空から落ちゆく泪の粒を讃え、ゆったりと旋律は流れる、

すべて、に意味があるんです、生きるうちに生きるすべてには。
繊細な行間を捉えて風は吹く、
舞い上がるたびに気づく、光の行き先へ。光さえも知れないだろう、その向こうの世界を。
弦楽器の波音が、耳に飛び込んできながら、鼓動ははやくなる、
飛びます、
どこまでも、飛んでみせます、

どうか、その旋律を、聴かせてください、
生きている間の一度でもその、たったひとつの心で愛を鳴らしてください、

時々、運命に引き寄せられる、リズムがあります、ゆっくりと、
運命の輪が廻り始めたのを、感じとりました、
きっと世界は、果てしなく、面白く、とんでもなく心地いい、
そんな、鳥の瞳にうつりこんでいく、
光よ、
すべての、心をうつしながら、圧倒的であれ。
姿を、照らしながら、永遠にあれ。

夢を見た日、そっと席を立ちました、
鳥かごが揺れて、飛び出した白い鳥が風の向こうに消える、
静かな夢でした、

新しいはじまりの陽が昇る、
まっさらな瞳が真正面に捉えた、それは高く昇るほど、美しくなる、
純粋でクリアな心を持ちながら生きることを、授けられました、
この緩やかな昇りを、越した先に見えるだろう、世界、その先にはまだ、
みたこともない光が待ってるんですね、それは、
想像も及ばないところで。

気づけば長いこと飛んできたね、
心を照らす、たったひとつの、すべてのほとばしる生命、と一緒に。
それを繋いでいる、光。
昇れ昇れ、どこまでも高く、
追い越すこともできないくらいの源《みなもと》の域まで、そして、優しく、
導きたまえ。

「まかばすたあ」

気のせいか。
トのまわりが慌ただしく、動き始める。
トのうしろに広がり広がってゆくコトバが。
周りを回りながら、眼を閉じれば見える影の帳をおろしたはずの空が、
トを気にかける。
トの耳には聞こえる。その声のアトが。
おちたまわりから満たされていくその散らばる輝き、
隣から飛び立ってゆくコトバの群れを、見送りながら手を振るトが、
その中に浸透していく。
始まりを見れば、眩むような集合、心をかたどった夢の数だけ、肯定する。
そのとき、名前はなかった。
なにものでもなかった。
空に映る、階段を昇る。

気のせいでは、ない。
石を手にとり、集中する。と、静寂の中の静寂がトを包み、活性化する、
回転していくほどに振りまいていく空を追いかけるように。
呼ぶ声に耳から漏れだす音の色が重なり、連なり、伸び上がってゆく、
トのすぐアトを翔る光の筋を見た。人のカタチをしながら拡散し、
源の魂の場処から発信される暗号のコトバが削ぎ落とされて、単純になる、
それはおそらくもなく、必然、で。
楽しくなりますね。過去を癒し、今を喜び、未来を生みながらどこまでも行きます、

届いた。

とゆーか、届きました、おそろしく丁寧に。

旋律を躰中で受け止めながら紡いだ光色のコトバの式を。

キセキである式を。

ライトアップしながら、ボリュームダウン、打ち消しながら派生して展開し、ひとつにする、
それだけでもキセキなのに。

トの裡をかいくぐりながら外側に向かっていく力の、存在を感じ、
手にするんですよ、トの存在価値を今と云う、今中に。

光の光中に。

もはや、トだけではない、
生まれ変わってゆくトも、可能性のトも、全てを網羅し、尚、
予感は実現していく、心地よい愛の干渉、そして振動、
はじまりはただのはじまりではなく、ひとつの今という今が生まれる前のはじまり、
それは間違いなく、0以前からの前兆であり、上昇する微熱と、灯火。
トはただ手を握り、その境目に何度も何度も立ちあがってゆく、
姿、をしていた、

「もーつぁるとぱんでみっく」

ずっと心臓がなっていてその鼓動の中に浸されていた、
そんな始まりだったんですよ。

花の香りに包まれたキミがいて、トの名を呼ぶんですね、
少し音の柔らかい弦楽奏に聴き入り、そして抱き合いました、
繊細な触れ幅で、トたちは動いているんです。
風がトを揺らし、
コトバを運び手紙をしたためるような優しさに泪しましたよ、

今のトの心をスケッチしたら、とても澄んだ音がでてくるのではないでしょうか、
本当のトの優しさを知ってくれました、隅に隠れた恥ずかしがりやの小さなトの。
だからトは、愉しみながらうたいますよ、上手くはないですが、
心そのままの、ありのままの姿で。トと世界を。世界とキミを。

刻まれてゆく音階と言階を、広がり彩る花びらのふるような、空を。

前触れもなく始まるはじまりは、キレイな配列でトたちを連れて行きます、
再度、うまれていくよ、

さあ。

淡い光を浴びて、不意に、泣きたくなります、

「りある　えらー、あんりある　りある」

ただしい姿でたたずまいながらも、
クリアな瞳で見つめ、見つめられながらも。
世界はいくらでも歪み、いくらでも寄り添ってくれる、と云うのに。
声を合わせて、声を逢わせ這わせて、
成り立っていると感覚器すべてが、叫び声を閑かにあげている、

うまれたはずです。
たしかに、世界の中で。
再度、背中合わせの隣り合わせになりました、
だけど、顔は見えないし、存在さえ曖昧、なんですね。
見えないと、ひとり泣きだしました、ら、連鎖していく泪、
その中に交われなくて、感覚過敏のまま、溺れそうになる、
眩しいんですね、ひとつひとつが。

そして、姿も。

手を伸ばしてつかんだはずの姿でしたが。
掌にはなにも残ってなくて、ただ見えないだけで次元が違う、だけ、の。
そんな世界を、シェアできるようになりましたよ、おかげさまで、
気づけば、フラット。グレーゾーンで揺らいだままでも、平気になりました、
壁だと思っていたものが、実はトビラであったり。
灯りだと、誘われたものが、ダミィ、だったり、しても。
全てを明るく前向きにとることが、スキルとなっていくようです、

眺めたら、けっこう世界は攻略可能、かも。
しれないとおもって。
人は自分自身のあらゆる自覚と認定をしてあげるべきだ、
それも、最大限の礼を込めて。

まとわりつく空気を脱ぎ捨てる。生まれ変わりも信じるし、
実際してしまっているのだから、日常はおもいきり、非日常の線を踏んだ、
黙想するたびに自我から解放されて、

0に近づいていく果てと、拡張していく果てと、シンクロしてるみたいだ。
一致、満場一致で。
手を上げると、止まる思考、動き始める感覚器。
計画ではなかったけれど、おそらくわかっていたよ、
だって、心と魂を。うけつぎました、から。
まだ眩しいけど迷うことなく、まといますよ、気持ちよく、ね。
何故かとても、幸せだと思うよ。

それで、いーんじゃないか。

「ひだまり―追悼―」

トは、それでも、好きだと思いますよ。
キミのことも、トのことも、
それから、
世界のことも。

やさしく、あたたかいひだまりの中で。
愛と光にまざりあいながら、
そう、おもいましたよ。

世界中の哀しみさえも、包み込めるその深さと大きさ。そして、
トたちの躰の中にしっかりおさまっている、

心は、すごいね、
みんな、すごいね、

それって、思わずキミに抱きついて、
泣いてしまいたくなるくらいに。

溢れでる、そんなたくさんの生命たちにかこまれて、
我々はみんな一緒に、好きになっていくんだと、
幸せになっていくんだと、

確信を持って、
そう、
おもいましたよ。

「ぴんなっぷ」

なんでこんなに、かすんだ空。

光をかき分けるように、ただひたすらに走る、
聞こえる音さえ、消えてゆくだけの、

この声が、届きますか、
そこから姿が、みえますか。

迷い込む景色、さそわれる世界、

揺られながらもずっと、自分でありたいですよ、
光に守られながらも、
そう信じたいですよ、

目を細めて前を見つめるけれど、
色が、溶けて流れ出すようで。
なにものにも縛られずに、
生きていけたら、いいのにね、
でもおそらく、それは、
ほどけていくだろう、

仮糸の仮縫いくらいにやさしくほどけるだろう、

形をなくしてしまうけれど。
消えてゆくね、
孤独も、景色も何もかも。

あのかすんだ空に、すいこまれそうなほどに、
透明になった姿を、
かさねて。

「あいむらいと、うぃあおーるらいと」

遠くないところであなたを呼ぶ声も。
私は音に呑み込まれてトビラの前に佇み、
熱いコーヒーを口に入れたときのざわめきさえ、
かき消されるくらいの波に襲われる、
私の声を通して届かないところへも届けたいコトバと、
一緒になりながら、あなたの姿は振り返らない、
イメージが降りてくるとき、私は戸惑いながらも、受け入れた。

光、はもはや私の裡にあり、音とともに活性化されるのを待っている、
神、さえも私の裡にやどり、私は気づき始めている、
何が、変わると云うわけではないけれど。
また、これからも次々とトビラが開かれていくことを想いながら、
優劣も善悪もないフラットなところであなたの帰りを待っている、
私は私の選択をしながら生きることを選びとっているし、

あなたも勿論、あなただけの選択をしている、

光、が。私の裡から溢れ出した光が。
止まらない夢を見て、眩しくなる、から余計に泣ける、
私の泪の源、かつて光であったときの私、
そして今、光である私。
拡張しあがっていくステージを美しくして、古い殻を脱ぎ捨てていく、
私は私の原型に戻る、
本質とも云い変えてもいいその中に私は回帰する、私の裡側へ、
いつの世界も私は私であった、のだよ、

繊細に押し寄せる波を受け止めながら、
毎秒変わってゆく時間さえ超えてゆく、
私はただ、私であるそれだけで幸せになってしまった、
コーヒーを片手に、走り書きする、
見えないけれど確かにある、
云えないけど、わからないけれど、確かにいる、
ことを感じて愛おしくなったりもする、

自然に口からこぼれ出る光に、癒され癒していくのだろうね、
単純でいて、しかも究極の愛で。

響きわたる声は、あなたの耳にも届く、
上を見上げればあなたは沢山いるし、そして私もたくさん、いた。
私の始まりが告げる、私が始まったことを、
トビラが開け放たれ、光と一緒になったことを、
確信しながら私は私を生きるだけでいい、いつものように。
そっと抱きしめて、いよう、

「えあぽけっと」

騒がしい瓦礫の崩れる後にきえたピアノの音を耳に、
静かに舞う一羽のバタフライを追いかけていた途の途中、
迷いながら過ぎ行く時間の流れを無機的に見ている、

頭痛と。
襲われる胸に深く刺さった世界中の哀しみと。
鋭敏に鳴り響くピアノ、は、
トの居場所をひっきりなしになくしてゆく、
ここが、今どこであったかも、忘れてしまうくらいに。

走り書きするペンの向こうに、もう一つパースがあって、
見え隠れするトの心は。
単純であるけれど、まとわりついて離れないマイナスに浸されてゆく、
ふと、みえていた景色が、消える、

少し入れただけで、吐きそうです、
そして、うまく笑えません、箇条書きにしてはコトバは宙に浮く、
温度の感じられない、人やものばかりがつくられはぐれていく、
ときどき、生まれたかどうかも、わからなくなります、

背景には透明なピアノの音、
あの瓦礫の中のバタフライ、を追いかけて迷う、心の。中のエアポケット、
砕かれて粉々になって固まったトの姿を、
うつすように鳴るコトバ、優しい旋律、色のない、空、
どこかへ身を移すたびに取り込まれる景色、
忘れるなとばかりに、記憶が起動して、再生――、

「ぐろうあっぷ」

灯は、ともっている、
人知れず私の夢さえも昇り行くような、
錯覚に襲われたけれど、
おそらく錯覚ではない、
私の躰は、あたたかい色にくるまれる、くるまれながら私の、
すべてが解放されて、夢、そして、
この現実さえも内包されるその中に。
それを、回復、と云った、
私の熱が躰と心を、
解きほぐし溶かしてゆくのを見ている私、が、

取り巻く空気をも巻き込んでいく、
そんな勢いで走っていった私が手を振る、
手を振りながら、笑うんです、あの日の私は。

どれくらいの時間が過ぎていったのか、
鏡を見ておもうけれど、
けれどね、
このごろ私はかんじるんです、そして、
何度も笑うんです、あの日の私が。手を大きく振って。
それを、回復、と云わずに、
なんと云うんですか。

切り取られた日常線、
私は既にはみ出してゆく、のを潔く快諾する、私。
手を伸ばしていた私の指先が、
あの日に届く、瞬間に。
私の為に、どうもありがとう、
永かったね？　けれどまた、逢えたね、
おめでとう、
おめでとう、

あたたかい手が、私の頭をなでてゆく、

トビラが開いたときに、猛烈な花びらが吹いたのをみた、
私は、そこにいくのでしたよ、そう決まっていて、
そう決めたんだから。
約束、でしたから、それは、
あの日の私との。

「振り返ると、神様」

突然降り立った翼の数に吃驚した。
陽はどこまでも高く昇りつめそうに高く、
吹き飛ばされるようなビルの風に、目を細めていた。
一瞬、隣で、笑った気がして。
そんな気がして振り返っても横を見ても、何もないの。
ただ、煌々と柔らかい光が、降り注いでいるだけで。

いつか、トは愛であった。
キミは笑ったけど、トは今でも愛だよ。
愛を追いかけて愛になって、愛を生きている愛だよ。
だからキミは、トの傍においで。

蒼すぎた空にいっぱいの、翼が、トの上でまっている、
手を伸ばしたら届きそうなくらい、近くて、

逃げていきそうなほど遠い、あの、次元の狭間を、みてしまった。
ずっと一緒。
って云ったことも、光になって降り注がれるんだ、

心と愛と光を喰べて生きているんだよ。って笑う、
トは日常をこえてゆく、
手を差し伸べると見えてくる揺らいだ空間の先端に。
キミがまた、手を振って待っていた、そのディスクを、
開けなければ。
記憶の鍵を使って、取り込まなければ。
未知の領域に足を踏み入れる度、ワクワクとなりだす心を感じて、
脈打つ生命を捉えて。
やっぱり、飛んでいくんだね、それが理想だし、
役割、だからね。

届くんだよ。波はどこまでも伝わって、また押し寄せて返ってくるから、
このクリアな鼓動とともに、受け止めますよ、
既に、

トになっているトの姿を。
可能性さえ、すべての可能性さえ内包しよう、
ビル風がまきあげた、キミのカゲさえ取り込んで。だから、
今、なのね。今でしたね、生きるのも生きているのも。
トであり、トでなかった意味が、トの中でほどけて、宙にきえていく、
ねえ、神様《キミ》。

「こんな感じの日常」

ふつーの日常を、ふつーに光が開いていく連続だけの、
日常を送っていくだけなんですね、
でも、それに気づけると、嬉しいですね。

どうしても。
ちゃんと自分で考えたり感じたりしていれば、答えは、
絶対そこにいきつくしかないんじゃないかと、思うんですが、どーですか、
違いますか。

一日〳〵リセットをかけて、手放しながら。
別に特別なことが、起きるわけでもなく。
今このときを、大切にして自由に生きること。
ただ自然の方へ、正しく心地いい方へ、行けば。

ハートが、躰が選んだ方へ、行けば。
いーんです、
でもおそらく、それさえも超えていくんだろう、

手放して、超えること。
その次、受けとること。
次、それも超えること。

トはね、思ったんです。
トは、トを含めすべて、好きなんです、
だからここにあるんです、
そこにあるだけで、あるというだけで。
いーじゃないですか、
喜ばしく、幸せじゃないですか。

やり方は変わっていく、今までしてきたことだって、変わる、
けど変えるんじゃない、自然に変わってゆくのだ、トたちは、

神様がくれる、その答えを、
うまく、受けとれるかどーか。
ふつーの日常にて、
ふつーにあるがまま、光と愛を抱いて生きていくことが。
そーゆーの、
嬉しくて、泣きたくなるね、
けど、それで、正解じゃないかな。
それが、愛なんじゃないかな。

「ふらいんぐばーどちるどれん」

もはやそれは私で。
ボリュームを上げながらうち放たれた弾丸のスピードさえも凌駕する、
私は、この空の下で目を見開き祈るだけなのに。
翼は、否応なく広げられ、
この世界を覆っていくようで。
私の意識は、覚醒したばかりの瞳をしていた、
していながら同時に裡を観察し、波ひとつたてない。
私は時々、確認しながら光の方向を向いている。
彼方は。
遠くて、永くて。
私も。
こたえはすべて、私の裡側にあったことに気づき、
クリアでピュアでクリーンでサイレントな、
精神と心と躰が、

合図とともに一斉に放たれる。

蒼い天使の夢をみました、
光の透明な、幼子の天使の。

干渉せずに並行して泳ぐ魚たちの、影を踏まずに上を仰ぐ、
どこからか境界線もなくなり、私と世界の瞳は同化する、
孤独を抱きかかえ、自分自身で消化し、浄化し、復活再生しながら、
巡り廻ってゆく、
オルゴールの優しさで。
私は隣にいて。
隣にいて、不思議と安らぎ、子が起きるのを待つ親のように。

奏でられると、思うし思った、
叶えられると、思うし思ったよ、

窓越しに消える景色を、彷徨う世界の子供達が、
光を求め眩しそうに、両手をかざしていく、そんな幻想を持ちつづけた、

ずっと、蒼が続くだけ、
なぎ払われたような地平と水平が静かに途切れることなく。

耳には祝福と福音が。
鐘の音が聞こえ、天使は世界を迎えにくる、
目一杯広げられた、私の翼も、透明になりながら包み込むように、消える、

意外とはやい、気づきだったね、
私は呟くけれど、鳥の姿も魚の影ももはや、ない。

ただ、白い陽の光だけが、
幕をとられ開かれた日常の世界だけが、そっと、
ひとつ次元をこえた私の帰還を、
まっている、

「じゃっじめんとA」

おどけたピエロの顔が哀しそうに歪んでも、
所詮ピエロでしかないし、ピエロにすぎないね。
キレイなキレイだけな音楽を聴いてトらは、
なんとなくジャッジしてゆくけれど、おそらくそれは、
ほんの一角の隅にある鍵穴くらいでしか、ないのかも。
きっと、あしたも普通に太陽は昇って、
月は晴れて、空は蒼く、澄んでいるんだろう、
それを見てトらは、やっぱり眠そうに欠伸をするんだろう、
けど、それは。忘れられる、
そういうことに疑問を投げかけた人がいたことも。
トらは日々、泪しながら生まれ、
あたたかな光にくるまれ呼吸をし、
愛に抱かれて眠るんだろう、
お尻を出した一等賞の、小熊のように。

それでも、苦しむ人がいる。
トらは、その苦しみに蓋をして、見えないように忘れたふりをして、
それに気づいた人だけが、晒され、撥ねられていく、
人は、残酷だ。
純粋であるからこそ、諸刃の剣に。
傷つけられ、傷つけていくのに。
人は笑いながら、一番柔らかいところを平気で踏みにじっていく、
蒼い空の下、生まれたことは同じなのに。
トらは、幻ではない、
幻ではないからこそ、生きて可能性の橋を渡って歩いている、
その中でトらは、人を、
ジャッジするのか。
ジャッジできるのか。そんな資格があるのか、
この普通のどん底に塗れた顔で。
鏡を見ると、歪んだ顔でピエロが笑う、
それを彼と、トらは云う、
それこそ、ピエロであるのに。
気づいた人から壊れはじめる。

そんなこと、許されないのに。
心の目を開けて蒼い空をみれば、哀しみがうつっていると、思う、
終わりはけして終わりではないけれど、
それでも終わる、終わりがある。
トは、彼であり、
彼はトだ。
歪んだ扉の鍵穴を、覗き合っている鏡の二人。
トらは、鍵をまわしてドアを開けるべきだ、
ピエロの仮面を、とってその顔と向き合うべきだ、
裸の王様は、裸なんだよ、
その当たり前の一言で救われるのなら、
トは喜んで、彼と共に真実を云おうと、
彼と共になろうと、
おもう。

「ふぁんとむ」

確かにまだ、世界の端に。

降り、まいおちる景色を抱いて。
おねがいです、途切れないでいて、
天使の歌声を耳にしたままそこで止まった私の時計、
手を握りしめたはずなのに、ほどけてゆく私たち、
細胞のひとつひとつに行き渡る赤い液体の憧憬、
夕日を思わせながら、まだ空は、遠い。

風が吹きまいあがるうちに私は飛べていたはずで。
壊れそうな世界を横に見ながら、唱えていたはずで。
私の夜は帳をおろせずにいる、
天使、が眩しそうにこちらを見ているから動けなくて。

釘付けにはりつけられるのだ、いつも私の傍にいる、名のない影。

心だけで生きていけたら。
迷わなかったのかもしれない、深く呼吸しながら、わたしの自己はつながる、
あなたのための私でいよう、
そう決めたのは、まだ遠い日ではなかったはずで。
そっと腕を広げたときに、ふらついた瞬間に、
空へ、あがる。
その浮力を忘れられないだけで。

ひとりでは、ないよ。天使さん。
だから、そんな表情《かお》でみなくてもいいよ、
ひとりごとを云いながら見れば、
微笑むような顔をした私たちの影、

「少女」

白い少女が昇ってゆく、
あなたはファインダを覗いてシャッタを切る、
少女は蒼い空に躰全体で手をのばす、
今にも、吸い込まれそうだ、

時間の間隔が広くなって止まる、
風の音を聞いて飛ぶ鳥も、羽ばたきをやめ、
その音に聴き入る、
もう一度シャッタがなる。

少女は空に映る自分を見つけて見つめ続ける、
あなたは鮮やかな緑をうつし、
鮮やかな白い肌をうつし、
夏の静寂を閉じ込める、

あの日、昇るはずだった階段も、
今は途切れて朽ち果てている、
いつか、夢ではなかったか、
足下に伸びる影も、彼方から来る記憶の断片も。
少女は目を閉じる、
覚ましながら彷徨い続ける、
その端々で、シャッタは切られる、

閑けさの中。
繰り広げられる夏の太陽、
容赦なく照りつけられながら、少女は無言で、
押し寄せる光に身を任せている、
白く潔白な光は、
あなたをつきぬけ、釘づけるように
刻印を落とし、

落とし、少女は、

目を閉じたまま、もはや目を覚まさない。

「love la de light」

あなたは、もはや動かない、動かないままで、
天に召されることを選択した、
祈りながら、止めることなく。
唱えながら、留めることなく。
その声は、果てしなく消える、

鐘の音を選びとりながら、静寂になることを思った、
ただひとつは、羽根のままに。
ただひとつは、意識のままに。
あなたは、自由になりながら無意識をしり、
しったままで、コトバをきく。

コトバはおりてくる、
あなたと世界と神はフラクタル、だ。

眩い光を浴びて、あなたもおりてくる、
幼子の息吹を耳にしながら、時は静まると思う、
優しく雨は降り、あなたの胸を潤すだろう、
確かな愛を想い、あなたの心を満たすだろう、
そのときやっと、あなたはうまれた、

どこまでも鐘の音は、響きとおすだろう、
どこにいてもあなたの声は、響きとおるだろう、
脈打つ心臓のリズムの前に、あなたは現れ、すべての、
生命をふきこむだろう、
世界は、あなたで満ちている、
満ちていきながら、あなたは世界に溶け、
天がひらいていく、

「look of silver」

あなたの行方を探している。
強く陽が照りつけるプラットホームを出て、いくつかの階段をこえた、ばかりの。
熱い空気がまとわりつき、躰をたたむようにして意識してゆくけれど、
まだ、この気候には慣れない。
掌をかざして、陽を遮る。
目を細めながらありふれた日常が変化してゆくのを、見ていた、
何もはなせずに。
あなたの方へ。

あなたは穏やかに微笑んでいる、網膜はそれをしっかりと捉えていく、
猛禽類の瞳をしながら瞬きすら忘れて。
すべてを俯瞰しながら、それを見ているト、を更にそのまた上から見下ろすト。
昼の向こうで時計を気にしているから、ヒトは限界をつくって動けなくなる。

翼と意識と可能性も無限で。
すべてが無茶苦茶無限で。
追いかけて掴んでは確かめてみることを、あなたに教えられながら、ずっと、
誰もいない空にチャイムがなりそうな、そんな予感を抱えて。
それに共鳴して、裡側の水晶が輝きだし、澄んだ音をたてる。
おそらくそれはあなたを想うトの愛で。
掌ですくいあげながら、
心にそれをかけて育むんだよ。

美しく、なりたくて。
心も姿も、魂も。
どしゃぶりの雨がふっても、
あなたを探し飛び続けることを天に誓いながらその愛を躰で受けとる。

騒がしい鼓動を胸にそれでも境界線を消していきながら。
あなたに溶けていくことに気づく、
あなたと一体になってゆくことに気づく、
トは銀色に輝く翼を広げてそれを祝福した。

まるで魔法のような時間だけれど、あなたの見る夢はただの夢ではないね、
それは溢れるリアリティを持って訪れ、目を閉じてもそれははっきりと見える、
満たされながらあなたが微笑む、
トは見つめる、その眼差しで光はもう、
愛しかうつさない。

くぉんたむいんてぐらる

∮2　Previously,before it is born　以前、生まれる前の。

「わるつ」

いえない空白の傷痕からもれだす限りなく私に似た幻たちの影にうずもれていた共時性は今日も開かれていて白い嫉妬を至福に変えながら歩く一条の端へ注がれた私の光

流れる空を眺めながら歩いてくれたら嬉しいです金平糖はさらさら落ちて明るい真昼の月を飾る意味もなく囁かれる上の句と私と定義された私のことをいつか忘れてください

「ゆにてぃ」

線で考えるから二極ができるんだけども。善い悪いとか正しいとか間違いとか。で、バランスとらなきゃいけなくなるんだけども。たとえば円で考えたら、極はなくなるんじゃないか。バランスはその円の一極、中心で保たれるよ。あらゆるものに極はあるし、対があるけど、両極は度が異なるだけで性質は一緒。極は出逢う。例えばS極N極。酸性とアルカリ性。それを無限にのばして円にするとそれらは同じ性質上にある。とするとバランスをとるためには中心が必要になるね。ということは端と端のバランスじゃなくて中心とそれぞれの距離がバランスとなる。時間が円だとして。極があるとしたら、過去と未来か。とすると今が中心。しかも中心は移動していく。しかも極の性質が一緒なら、過去と未来はおなじなんだね。円だとしたら過去と未来はどこかで出逢うのかな。面白いね。ユニティ、万歳。

「消失光点域」

失いながら、もう何も、みえないのです。
少し寒い泪の端で、感じるしかない、壊れることをしって、わたしになったのだから。

軋んだ思考回路が、鈍い音をたてて告げる、
この1／2の確率でさえ、外してしまうわたしの、成れの果てを、
取り残されてゆくアイの、懐疑をもって見送るわたしを、
わたしを持ってして、見失ったわたし、を。
張りつめた顔で抵抗してきたけれど、破れたら、零れて形をなくしてしまう、ね、

論理的帰結、と、誰かが云った、
成る可くしてなった、と、次が頷いた、

わたしをみないようにして通り過ぎる個体が、今日も世界に呑み込まれていく、

♡を抜き取られて、屍体になって戻ってくる特攻隊、は、
見てきた――――？
（何を）
（世界を）
自分がとどめを刺した、自分の姿、を。

何処かでひっかけた傷口から、意味であったものが、とくとくと流れ出してゆきます、
漂流したまま乾涸びていた、実験作品００１、の、
代用でも気づかないくらい、くもっているんですよ、その瞳。
ねえ、
誰か。

地図もない宇宙空間を彷徨ったまま、途切れることのない歴史に、
終止符をうとうとしているこの世界に、
押し流されて破裂しそうなこの、世界に、
一つの、光点域、を、ください、
くもった瞳を払拭するような、心の奥底まで透きとおる、
光、を。

指の隙間から、零れ落ちて、現実の狭間で、削られてゆく、
摩耗し、消耗し、消失してゆく時間を、捉えたのは何時だったか、
すり抜けていくその帯を、そのメモリのような点を、
大事にしていたわたしを、探し、見渡してみるけれど、上手に隠れていてみつからない、

使用停止――――？

感じる心を失った心を、感じることができなくなった、と云う理由、で。
閉じられる今日と、
開けていく未来と、を、
目撃した、と云う、罪で。

わたしの、わたしと云う行末、は、

無限透視図を描いてゆく、その度に、
光景と共に消えてゆく、消失点、にあった、

いつかわたしと云われた、世界が消え、
全て、きえて、
柔らかい闇に、包まれながら、わたし。

宇宙が、遠くひらける、夢をみていた、
わたしが、壊れてゆきます、ゆっくりと、広がっていく光点域に、
呑み込まれる、ように

「既視光径」

わたしの先には、何も視えずに、終焉を迎える病の裡より放たれた、光、だけが、点灯している、
甘い認識機能に、付随してくる崩れた地図で、わたしを許ろうとしているのか、あなたたちは。

ゆっくりと誘うペースで、引きずりこむ闇を抱いて、
そのぬくもりさえ気づかずに、捨てられていくわたしは、
鐘の音が響き渡る前に、降り続けている雨の中を、走り抜けなければならない、

信じつづけて、いました、
前置きもなく、重なりあっていく現実を、わたしは覚えていた、
個体の構成要素が、砕け散っていくのを、恐ろしく長いアリアの中、みていました、

何も、きこえないんです――――、
けれど。
止まった、工場のように静かになりながら、傾いていく光、は、

遠く放たれていくわたしを、見届けるように、いつまでも。
冷たい滴にうちひしがれたまま、指差す方へ、慎重に時間と背中合わせになりながら、消えてゆく、

聞き慣れない名を、機械たちが、叫んでいた、
しかしそれは、わたしの耳には、届かない、

カタカナの向こう側で、話をしている、形を変えて出ていくもの、走り去るもの、そして、
わたし自身の幻影に、惑わされたくはない、と。
おもい。

ずっしりと濡れた翼を背負いながら、わたしは、その質感を描こうとしていた、
光は、その間ずっと、わたしの背後にいました、
照らし続けて、くれていました、

わたしのコトバは、発せられることなく躰に沈み込んでいく、
一番泪に近い場所にいて、溢れ出すわたしに意志を与え、雨に濡れた姿のままで確かめる、
わたしの質感が、溢れ出していく、から、訪れ合う終焉の前に、縛りぬける躰と、ともに、
どうか、祈りを、わたしに、
祈りを、

ください、

あなたたちの、地図はもう、使用できません、から、
わたしは、もはや、自由です、ね、
聞き慣れない名、それは、たぶんしりたかった、本当の、
わたしの姿型。
そっと光が当てられ、眩しくて、わたしも、未来も霞んでしまうよ、

それが、生きると、いうのなら、
わたしは、わたしを、取り戻してゆく、のに、

「並行線」

おいつけなくてね、
おいつけなくて、おいつづけた光。

まわります、柔らかい陽射しの中で、わたしの鼓動がゆっくりと響く日常の端で、
日々、永遠に満たない時間を、傍に感じながら、その温もりも、
冷めないほどに。

覚えておきたい時間が、あります、
孤独に震える瞳に映る澄んだ蒼、であったり、
世界を切り取った時に派生していく断片、であったり、
わたしのまわりにはまだ、優しさを与えてくれるようなものが、
そっと、息を潜めて、
あたたかく灯りながら、待っていてくれる、

音が、耳を外れて、転がりはじめます、
誰かの微笑みが、弾け、踊りまわります、
その瞬間を、逃さないように、わたしは、まばたきする、
わたしと云う名の輪郭をなぞるように、振動する、それは、

時空間が、色づく瞬間、でした、よ、

止まりかけたわたしの心臓と、心がまた、自転をはじめ、
壊れ、失くしてきた幾つもの滴が、一筋の溝を刻み、痕を残す、
これで、忘れてもいい――――、
くぐり抜ける神経戦に、絡みとられて、傷の痛みを感じることも、
降り続く雨の中、独り天を見上げて、泣きとおしたことも、
表情の乏しいメイルのやり取りに、ぎこちなくなる躰を抱いて眠った夜、が、
わたしの耳元で、終わりを告げようと、
している、

おいつけなくて、届かなかった遠く走る光、に、
並走、できるようになりました、

掴まえることはまだできませんが、わたしは、
光と、共に、生きることが、
叶うように、
なりました、

静かな、並行線、
止まることを知らない二つの、純粋な、
それは、静かな、
並行線、です、

傷つきやすいもので、できていました、が、
形を変えながら、どこまでも伸びて、いくことをのぞみ、
未来を幾度も選択しながら、

光の速さで、進むだけ、です、

それだけで、いい、

今は、
それだけで、
いい、

「sky blue sky」

どうか教えてください、ぼくの限界を、昼も夜も眠らずにまわる、ぼくの最終の地点を。世界よ、動き続けた果てには、何が残るんだろう、どうか、ぼくに教えてくれませんか、見渡してみれば、ぼくの上には蒼穹しかありませんでした、しっていますか、永遠を、永遠に動き続ける、ぼくたちのことを、変わり、交代しながら、生き続ける未来を。其処には、闇が広がり、光にくるまれている、ぼくたちが居る、見えるでしょう、世界、高く高く視ているあなたなら、

何故でしょう、見えているものは同じなのに、皆違う方を向いて、闘いはじめる、哀しいくらい真摯に、そして訪れる、希望のために。手を伸ばします、あなたの元で、あなたに近づきたくて、そしてあなたに逢いたくて。ここはけして世界の終わりでは、ないよ、翼を抱きしめて眠るぼくたちが、たくさんいます、どうか祈り続けてください、あなたの熱で、溶けてしまうまで、這い上がらせてください、あなたのところまで、あなたがいる、その場所まで、

一人一人は孤独なのに、あなたの下では、ひとつになるね、世界、ぼくたちを見捨てないでください、ラインを超えて手をつなぎはじめるぼくたちのことを。生き続ける果てが訪れたとしても、優しく抱

きとめてください、そしてその小さな心を、あなたの手で掲げてください、導く光が遠く照らすこの世界の上に。闘うことを止めてあなたを見つめる、その眼差しに。蒼穹の下に生まれくる全てのぼくたちに、未来と祝福が降ることを、ただ見届け続けてください、

どうか、ぼくたちに。しっているはずの、静寂の中で。生まれくる光と闇を、世界のすべてを伝えてほしい、あなたは、その為に生まれてきた、ぼくたちは帆走する時間とともに、生きます、永遠と呼ばれた、蒼穹のあなたの下で。ありったけのぼくたちの翼を広げても傷ひとつつかないあなたの胸で、生き続けることを、許してください、何もかも吸い込まれていくこの地点で、変わらずに、創世の時と、何も変わらないままで。

メリークリスマス。

「孤独の虹」

西の奥へ淘汰されていく、あなたの横顔を、
ぼくは、斜めの角度のままで、みていたいの、です、

濃いオレンジの夕焼け、あなたの影が巨大ビルディングに映る、
はぐれた飛行船が、泳いでいく様を、刻々と、
覗いている瞳は、大きく錆びはじめて、
あなたは、２つの穴が、ぽっかりとおちる、

昨日を貸してください、
ぼくは、井戸の底で、叫ぶのをやめられない、
それでも歩いていく、あなたの傍へ、夜の帳が、おりる前に、
ぼくの鼓動が、止まる前に、

どうしても、交錯してしまう、のに、

ぼくはそっと、
あなたを感じながら、
夢を閉じます、

（、それは前兆なのかもしれないし、
過去の弔いかも、しれなかった、
（けれど、誰にもわからない

雨でもないのに、
虹が、かかる、

貸し出された未来を選択して、ボタンを押せば、
その通りの、注文通りのぼくが、できあがりますか、

あなたの穴に、コトバを投げ込みながら、浸食されてゆく、
遠い鳥の群れが、時を告げるように、
西の空へ、回帰していき、
今、ぼくだったぼくの、残骸をすくってゆく、

消えてしまうようです、その針は、
放っておけば、跡形もなく、
そっと吹き込まれる、あなたの輪郭を引きずったまま、
ぼくは、構図も描く事ができずに、叫ばなければ、ならない、

重なった鼓動の中で、ぼくは、佇む、
何と叫んだのか、ぼく自身解らなくなったから、
あなたはぼくを連れて行く、度に、
記憶をのせて、リセットしながらいくので、

ぼくは、空に大きな虹がかかったことも、
（あまりにも巨大すぎて、
気づいてさえ、もらえなかったけれど、

「音に、浸りながら」

あなたの刻む鼓動が、わたしを追いこしてゆく、赤く染まった空間を抜けて、わたしは、耐えきれずに。ある一定の感覚に溺れて、あなたの、辿り着くところへ、流されてみよう、とも、おもうのです。
それはただの、ホメオスタシスのような、ものですけれど。

そう、わたしだって、同じ、

何処までも追いかけてゆく、追いこしてゆく、
消えていく光を、先にみながら。

あなたの詩うコトバの中にも、一筋の寂しさをみつけたとき、そっと、血管が収縮した、ふと立ちくらみ、わたしは溺れる、酸素が足りずにもがく金魚のようです、鼓動が直に伝わり、苦しいのか、水面下で動いているわたしは、

ねえ、わかるよ、
その　美しさが、

そして、あなたは、コトバとして、並べたがる。

傾いて斜めのまま、頭に響く鼓動の中で、しっとりと佇むあなたは、雲を貫く陽光の下で、ノスタルジックな、

、音に、浸る、

どこまでも、
どこまでも、

ひたすらに続く、鼓動の中、で、

その脈動に、深く触れる時も、

あなたは、それでも、（ひとり）きりで、
詩っている、
の
です、
ね、

、気づきました、
やっと、
きづきました、

「ぼくという記録、2010／10—12」

2010／10

ぼくは、箒と屑篭から、ソクラテスと云われている、窓際に座った箒から、よく笑われる、ぼくは、哲学を志にしたわけではないのに、存外哲学者だと。箒は実を1粒ずつ取りながら、めんどくさそうに、普通は欲があるだろうよ、30も過ぎてんだからさ、性欲とか食欲とか金銭欲とかそんな俗っぽいヤツ。けどあんたには思考欲しかない、古代ギリシアのソクラテスみたいだよ、まさに。生活感のない観念ばかりいじくりまわしてさ、10代の宿題を未だに解いている、それは答えのでない問いと分かっていてな、頭も悪くないってのに、もう少し遊ぶってことをしないのかい？　箒は笑う、なあ、ソクラテス、あんたみたいなヤツはこの世の1％未満だぜ、それに屑篭は反論する、箒はゴミを掃いてわたしに入れるだけの虚しい存在。まあこのごろは埃も相手にしてはくれないようですが。ねえソクラテス、ぼくは屑篭からよく慰められる、生きるってことは大変だけれども、それと前向きに対峙するには勇気が必要だよ、自分の深淵——真理を覗くんだからね、自分すら疑わなきゃいけない、でもね、と屑篭は云う、それはもはや芸術の人体実験だよ、ソクラテスは読んで考えて、記述する、本質を見抜いて詩にする、そんなこと誰も彼もできやしない、ソクラテスだからできるんだ、神は死んだ、ニーチェってタワシがよくそう云ってたけど、そんなことはないとわたしはおもうよ、神はいる、ちゃんとソクラテスを見てる、学問がしたいのなら、必死でしなさい、全身でしなさい、書きたいのなら、命をかけてしなさい、ケッと箒はつばを吐く、そんな正論聞きたくもねえ、ぼくは書物の山に埋もれたプラトン（ＰＣ）を起動させる、頼れるのは自分しかいなくて、しかも今やらなければいけないこと。を、使命として。

2010 / 11

独りきりで考える、
外では白く冷たい物が舞っているのに、現象としては捉えられるけれど、実感がない。この部屋は、理解ある叔父のコペルニクスが学問と芸術を志したぼくに狭いけれど与えてくれた空間だ、静寂がぼくを包み、頭に浮かんでは消える観念に浸っていた、思索も、詩作も軌道にのりはじめたところだったが、隣のユングが病を置いていった、（それはぼくにその性質があったからだとおもうが）、離人風邪。年を追うごとにそれは悪化して、ぼくのココロを蝕んでいった、ぼくの考えていることは本当にぼくが考えているのか、そう云うぼくとは本当に存在しているのか、デカルトの気持ちがよくわかる、こぎとえるごすむは出来損ないの名言だけど、そう云いたくなる気持ちはよく身にしみた、ぼくは自分の外界や内部からの実感がない、活字が頭の中で躍るけれど、抽象的なコトバばかりで、それがますます病気を増幅させていた、ぼくには、時間がないのに。焦りという感情を思い浮かべてみるけれど、やはり何も起きない、ただざらさらと活字が記憶の底深くに消えてゆく、箏と屑篭は何も云わない、完全な沈黙を保っている、ただ意欲には問題なく、いままでの薬で間に合っているのが救いと云えば救いか。学問がしたいと、無性におもう、ぼくに欠けている物はたくさんあるが、何とか今までは補えてきた、だがやはり穴はあいたままで、ひゅうと風がなる。我流もここまでか、そんな寂しいという気持ちさえ頭をかすめるが、消えてゆく、ココロが、冷めてしまうよ、プラトンをたちあげて指は綴る、もはや、戻る場所はないのだ、ぼくは、前へ進むしか未来は先端の今なのだから、今をすすんでいくしかないのだ、ふと戦場に三味線を持っていった風流な男のことを思い浮かべた、確か幕末だった気がする、

2010 / 12

つぎはぎのまま、紡がれゆくぼくの、病、ココロ———、と、久しぶりに外出する、些細な、拭き取れるようなコトバこそ、何故か深く刺さる、のだ、理由の有る無しに関係なく、しかし説明はできずに、ただぼくの底にたまってゆく、濡れ堕ちた葉のように。違うのは———土に帰らずに、残ることだ、不自然で異様な圧力に、ぼくは目を伏せながら小さく否定する、ことを覚えた、ぼくは、説明ではなく、本当の理由が欲しいだけなのに。多くの人々は、ぼくのことに気づかず、すれ違ってゆくだけ、自意識過剰ではなく、ただ、透明なる存在、または、存在しないモノであるかのように、彼らは視線すら向けず、避けるわけでもなく、スルー

していく、そんな中、ぼくは住所不定無職の、幽霊のような思念体であると、時々おもう、外に出るとぼくはヘッドフォンをして、歩く、その方が気が紛れるからだ、ぼくの病はちょっと深刻になってきていた、必死で長文のわけの解らない物を書いたり、誤読したり、注意力の低下が見られた、特に、ココロ、が、巧く機能しなくなってきていた、箒と屑篭は沈黙。ガラスが白くなり、本格的に冬の到来を告げている、ぼくのココロははたして死んでしまったのか、本を読みながら感覚を探るが、応答はない、「救われてはいけないのだよ」羽根ペンの晴明が何度も繰り返す、ぼくは、目を開けながら死人になってゆく、タワシのニーチェが云った、神は、死んだ――、

「消えゆく、光」

耳元で、囁かれる、
意味のない、
言葉で、さえ、
解して、
突き刺さる、
心、でした、
ね、
おもえば、そっと、
腐食して、ゆく、
行程に、
よく似た、
構造、で、した、
呼吸を、繰り返し、
ながら、

朽ちていく、
胸の中の、光、
生きるごとに、
日々、
生きていく、ごとに、
鼓動は、小さくなり、
小さくなって、
いき、ました、
貫かれ、
裂かれる、
0.1カラットの、
心、
が、
ひかり、が、
摩耗し、
今にも、
消えそう、
で、

大変、だよ、

わたしの、わたしである、わたし、
そこに隠れているのは、
行き先不明の、
わたし、

メイルも、
届かない、ね、
何度、叫んでも、
返事、は、ない、

生きてますか、

わたし、

生きてますか、

「ある6月の体温」

連なる体温、細く線が引かれていく風景を、遊びながら、
仲良く並んで、みていた、緑が次第に濃くなってゆくのを目撃したとき、少しだけふるえた、
薄い膜を通して、世界を見ていたぼくの目は、くっきりと視点のあった触れそうな葉を捉えて、粟立つ、
ほんもの、を見た気がしたから、
芯のある線が、とめどなくおちるなか、きみの可愛いくちびるの色をした花をみつけて、ひとつ手折る、
萎れたら、ちゃんと弔いなさいね、肘を突つかれて、薄い色が笑う、
密度の濃い緑の匂いに、目眩がして、体温が高くなる、熱を発する地面からも、水滴が、ぽつぽつと、
額に、かかり、
しゅうと、音を立てて気化し、飽和する、
砂の間を吸い込まれない水が、流れているところに、草の中から、小さな蛙が一匹、ぽしゃり、飛び
込んで、
驚きで目を見開いた、ぼくは、汗か水か解らなくなった腕で、きみの熱い手をにぎりしめる、
瞬間、きみのまわりの空気が、蛙の匂いを含んだ、
まわりの木々は、たっぷりと水分と熱を吸い込み、静かに鳴っている、

蛙は、きょろりとあたりを見回し、何かを確認したように去っていった、
ばいばい、かえるさん、きみのくちびるが、ゆっくり動く、
風のない、日だったから、何にも邪魔される事なく、直線に降りてくる線は、膜を溶かし、くっきり
際立たせて、
そして、ぼくは、
先ほど手折った花を、きみのやわらかく濡れた髪に、飾って、
ぼくたちは、体温の高い手をつないで、風景になった、
あたりは、鮮やかな緑、
6月の細い線は、まだおち続けている、

「太陽」

、くっきりとした蒼を破り、激しい熱が降り注ぐ、
、眩しすぎて、直視できないけれど――、

時間と空間のエアポケットのような、狭間に消えて消失した、
脱出不可能、生還率のかなり低い場所に、隠されている、そのコトバをください、
覚悟を決めて、飛び込んだ世界は、ひどく深く、狭い、トラップだらけの、ムとセイブツの世界、
ほんの数秒で、焼き切れてしまうくらいの、閉塞した、ワイヤード、
生き延びるパーセンテージは、50%、ただの確率、つまり、
「to live or not to live」

割れた、絶対的なレンズを捨てて、叫ぶ――
躰の芯から、声を上げる、そして、

はじめて、あなたの中の、
胎児が、始動する、
バイブルを破り捨てて、イノチの爆発を、躰全体で、表そうとしている、
静かな午後に、響き生まれる、莫大なエネルギィを、叫びとともに、
放出、しようと、していた、（それは、進化と誕生の、可能性でもある、、

長らく、ぎゅっと握りしめられた、コブシをほどいて、
ためていた増幅するエントロピーを、少しずつ、零してゆく、
発散され、解放される、極度の熱に、
あなたは、溶かされていきそうな気がして、わずかに目眩を覚える、
しかし、溶けていくのは、あなただけではない、それは、
閉塞して、凍りついた世界をも、溶かすと云うことだ、

深く、吸い込まれそうな蒼が、広がっている、
あなたは、両手を広げ、包みはじめる、だんだんと、還ってゆく、のです、
よければ、また、コトバを、くれますか、それは、あなたからの、放出、

閉塞した機関は、勇気と、勲章を、与え、讃えます、
あの日消失した、あなた自身の世界と、
再生され、生まれ変わるまでの、莫大な熱量と、エントロピーの回復について、

100%でも足りないくらいの、あなたは、
黒いベールの中、蒼を抱き、
自ら熱を放射する、存在に、なりうる、の、です、
わたしは媒体に過ぎない、あなたが、光り輝く為の、ただの、コトバ、であり
あなた自身、
だって、わたしは、あなたの、
かけがえのない、
胎児ですから、

「存在肯定証明」

きっと。世界に呑み込まれる前に、発たなくては。
溲れだす思考の端から、新しく誕生していくコトバの傍から、わたしだけをただ欲してきた、のに。

「よろしいですか。
わたしの複数は、同時に存在し、且つ、次元を越えて、わたしを追い抜いてゆくのだよ、
けして止めることはできない、その行為こそが、代謝と云うものだ、」

軋んで走り出した線的時間の、意味を考える、その原点は既視感ではなかったか、
これは、ここに在るのは、単なる抜け殻かもしれない、のに。
ねえ、
しっていますか、
世界を想像／創造しながら、実感している無矛盾の、
わたしたち、が。ひっそりと、生きて、
（呼吸して）

イキテいるのを。

裡側から打ちのめされたまま不安定に頷いている姿を、取巻く世界を、その存在を、
誰か、
証明できますか。
反論し、反芻し、反響し、含めて尚、肯定できますか。
喰われるか、喰い尽くすか。
しかない、この現実世界の。
すべてのコトバ、を。
そして、膨大な、わたしを。

わたしを定義しながら、近づいてゆく、さあ、おいで。
其処にいるのは、
複製〈だみぃ〉or 原型〈おりじなる〉どちらなのか区別がつかなくて、でも、
それは、限りなく存在することに執着した、終着の地点、の気がして。
途切れることなく、派生しては消えてゆく、本当であれば、
偶然性と必然性の狭間で、わたしでないわたしの複数は、紛れもなく、代謝されわたしに、

なっていたはずなのに。
追い抜かれていた、はず、なのに。
では、問いますけれど。
此処に生存している、わたしは、
誰ですか。
わたしとは、一体、どの次元で追い抜かれた、
わたし、
なんですか。

光――、
溢れる光の中にいて、気づかなかった。
止むことなく排除された真ん中で叫んでみても、凝縮された警告に過ぎなくて、
見上げるしかないわたしでも。
空は、ただ境界なく繋がっている、というのに。
ただ独り、であることを、除いて。
光。の中、目覚めて。重力を感じながら、瞳孔を広げる、
死んだのか？
それとも。

新しく代謝されたわたしとして、その証拠を差し出す、なら、それは、
わたしの、世界に於ける、真実の存在証明、であっても、よかったのではないですか。

ここに、在れ、と。

「∞　形状進化」

収束していく、おぼつかない時間の中で、息をしている。ゆっくりと動く胸は、わたしの限りなく感情に近い場所を刺激し、痛み始める、ココロの奥、は。閉鎖された鉄格子の部屋の、独り蹲る背中の影に恐ろしく似ていて、わたしは。〈代数のように、入れ替われたら、いいのにね、〉でも、そうしたら、わたしは形を失ってしまい、ます、

咲きほこる対の月が、弧を描く、のを、眠れない空間内で観測していた、
（針は少しも、ふれない）

抽象的な姿を、わたしは受け入れました、世界はそれを容認し、わたしは、止まることのない歴史に組み込まれた、

暗号（ぱすこーど）であれ――――、と、

わたしは、冷えた掌で掬ってゆく、その分子さえモデルチェンジするような、そんな結果でした、単

なる集合体ではない、それは、変化を伴い、概念を覆すような、反逆者の叫びでした、わたしの全身が、ＮＯをだして反発し、自転の速さをも狂わせてしまうくらいの、形態を持ちながら、再構成されるはずの、個体であった、のです、

静かにたたえるアイの中に、声がして振り向くけれど、其処には誰もいない、

計算では、合っていました、理論的にも、問題ありませんでした、けれど、
わたしは、枠の外に吹き飛ばされた、観念体になりました、
定数が０、デフォルトがカオス、わたしは、殆ど理解されませんでした、かわりに、
鉄格子の中に、いれられました、

散乱した記号を組み合わせると、
∞の、わたしが、でき上がります、
単なる経験則でも、値でもなく、
対価の代償、として、わたしはつぐなう、
針が、少しふれて、月が深いところへ、沈んでゆく、
∞、それは、わたしの名前、
世界で、唯一の、

名前、

何処にでもあるし、何処にでもいます、めくる頁の中にも。
すべてが確率だった日、わたしは世界を巡っていた、
恐ろしい速度で、シナプスをつなげてゆく、
世界が呑み込まれる前に、降りそそいだ生命の雨、の中にも、わたしは取り込まれて。
流動しながら、形体をなくし、鉄格子の裡まで突き抜ける月の光のように。

世界は。この区切られた世界に、そっと鍵をかけて、次に現れていくステージを乗り合わせていく、
観測形状さえ未定のまま告げられる残り時間に、消失したものの弔い、を、しよう、裂かれた空と、
わたしを確立しながら、回顧／解雇されてゆく可能性を看取る、その姿を網膜にしっかりと焼き付け
て心象査証しながら、僅かずつ進んでいく、プログレス、

冷えた空気を吸い込みながら、
もう進化しか、しない、と、誓う、
誓いながら、過去と未来の重さに気づき、使用停止された観念体のまま、
弔うのだね、

アイが。
∞に。
拡散していく、わたしの。
浸透していく、わたしの。
暗号（ぱすこーど）である、わたしの。
歴史に消尽していく、思考停止された数々の問いよ、

常に、存在し、狂いを示し。
時間の鼓動を、聞け。
アイ、よ。
∞、それは、わたしの名前。
わたしと世界の、最期の、
名前。

くぉんたむいんてぐらる

∮3　Starting from end of my world　私の世界の終了からはじまる

「はぴねす」――祝辞――

あの風が吹く日、私は、
静かにさかのぼってゆく記憶の羅列を、丁寧にほどいて、
すべてをゆるしていた、
音が空気にまざり、波の中で包み込まれるような世界を。
陽のあつさが私の躰を通過し、
コトバ全体を溶かしてゆく、それは透明になるほどに。
澄んだ心を、もっていました、
澄んだ瞳を、もっていました、
今よりもずっと。
脆く、繊細な。
私の中では、いつも音が鳴っている、
音はコトバを呼び感覚を呼び、私にすべてを教えてくれる、

さかさまにみていた、

風景が、反転していく、
蒼い空がいきなりキレイに見えた時、
感嘆の声をあげたらしい、
逸れていた記憶が、重なる、ここちよさ。
そんな感情をあのときの私はおぼえていて、その、
優しすぎる時間の中に、閉じ込められそうなくらいに。

透き通った声が、カウントダウンとともに消えてゆく、
忘却されてゆきながら思い出してゆく作業を開始した時、
表れる形は。
もはや神様の相似形で。
表情を超えて瞳を閉じたと同時に、浮かぶ風景に懐かしさを憶え。
信号は青のままで、いつしか、
流れていくのは世界の複製しかない、

ふと、目覚めて、とどまっている、
幸せは再度、優しさをもって私を白日夢からかえし、包み込む。
気づかれよ。

と、世界の無意識は叫ぶ。
時々雨が降りながら、空気も心も澄み渡ってゆく、
閉じたことも。潔く手放し、
開かれた私の視界は、遮るものもなく降り注がれる、
祝福の花びら。
届けよ、と螺旋に昇る私のコトバは、いつかまた還り、
出逢ってゆくだろう、

それも、とてつもなくキレイな。
いきなり飛び込んでくる眩しい蒼空の下で。

「いん、らけっしゅ」

そっと、あたたかい雨です。
あなたは澄んだ髪飾りをつけたまま空を泳ぐ、
白いシャツがはためいて、それはきれいでしたね、

カードにうつる過去と未来を、今と云う中心で繋いだら、円になりました、
移動しながら変化する私たちの鱗はとても金色に輝いていて、
ミュートをかけた画面にうつる文字を不思議そうに眺めながら雨をすくう、
私は誰かの遺失物のオルゴールを鳴らしてあなたに見とれていました、
光は輝きを増して、私たちの地図をあらわにする、
それを、心、そう呼んだのかもしれません、

心地よいあなたの胎内で私たちは出逢いました、
安らかな音の鳴り響く部屋で、
蒼く透明な瞳をしながら導いていくその姿を、追いかけ佇んだときもありました、

夢では、ない。
けして夢ではないから、奇跡なんです、
クリスタルの海の音、にまかせて、漂っていましたが、
答えはきっと、もう。
既に出ていて。
ですから、あなたのその眼差しで、どうか光は灯りますように。
世界で最初に叫んだコトバは、ちゃんと躰に刻まれてるから、
出逢うときもすれ違うときも、ちゃんと、
あたたかい音がするんだね。
心から生まれてきたのは、あなたのためで、よかった。

柔らかい雨のふるコトバであたためて、羽化していく、今を。
銀色の眼鏡を外してみとれれば、
あなたが手を振りながら途切れずに、
宇宙が寄り添うかのように、深い鐘の音に身を任せて。
手を伸ばしてゆくのがわかります、ですから、
その繊細な振動を見逃さないように、私は唱えるのですよ、

いん、らけっしゅ。

私たちは、共にいます。

「発車時刻」

バスの向こう、書きかけの文字が浮かぶ、
蒼い空をかきわけながら静かに刻が満ちるのを待つ、
光は、射すだろう、
だからこそ私は探しているんだろうしね。
優しすぎる声に呼び寄せられながら、
宇宙が躰に満ちるのを夢に見る、

見ながらバス停に立つ、
耳の中で音がはじけ、光が流れるのを、
風に揺られる大きな旗と共に私は生きて見ている、
覚醒するはやさに比例して、私は光と上昇していく、
私の鐘の音がなるだろう、
宇宙に委ねながら待つ願いを抱いて、

世界は開かれ、音は満ちる、
どこからともなくアリアが響きわたり、
行方を探していた時間が、届けられることを祈る、
その時、光はなみなみと降り注ぎコトバ中を照らしはじめるだろう、

熱が、放射されていきまして、
バスの発車時刻になります、

「りめんばー」

耳のどこか、遠くできこえる声に一秒おくれて振り向いても、
もうそこには、いないのですね。
ゆっくり丁寧にコトバを選びながら、切り取っていく非日常の、
境目を行き来しては持ち帰ってくる繰り返し、を。
すべてがすべての器官より入力されていきますけど。
検閲なしでフィルタを通っていきますけれど。
素直に世界に出力してますから、意外と平気。

声をきくことを、よしとしました、
銀色の翼の一番柔らかいところにはためく声は、
そんな境目を通り越して皆の心に届きます、
それで、すくわれるんです、
　　すくわれているんです、
浄化ですね、それも、独りきりの。

名前を呼ぶから、きいてしまいました。
過去にも未来にも、今を中心として出逢えますから、
視界は見事に開け、光にまみれたこの存在を信じるだけで、いいそうです。
だって、わかりますから。
この宇宙の、自然のすべてが教えてくれますから。
心地よくあがっていく幕の連続に、身震いしながらも客観的に見る目は、
心までも透き通る、透き通り真実をみせてくれる、
つながっているとね。
それも不思議じゃない。

見えないものを形にしていく、すべては語りかけてくれるので、
出るべきカードはね、ちゃんとでるんです。
でてるんだから、そうなんだよ。
無限の可能性に心躍ったあの日に、しがらみをすべてはずして、
気づき、また変換されてゆく、
震えるほどに優しい愛につつまれて、

またひとつになっていくのだと、
そう体感して、納得して。
また生きてうまれるのだと、おもいました、
目覚めた時、確かに聞いたはずの、その音と声を、
懐かしい光を、ただ、鮮明に、

思い出しただけです。

「めぐり星」

彼方まで頷いている、
そんな澄み渡る静かなつながりでした、
響く音も気づきすぎてわからなくなるくらい、
ダイナミックな答え合わせ、が
頭の遥か上で行われている、
神々のささやきの一欠片、が、かいま見れたような。
すべての宇宙に抱かれて、ひとりではなかったと知る、
この街の隅にひっそりと生きていながら、
心は安らかで落ちついていましたね、
本当に、あなたたちに出逢えてよかった、
この世界の、この今に、
あなたたちと話ができて、よかった、

広がる共時性、

次々と開いていく次元の扉と、
めくられるカードの精確さに震えながらも。
愛することを、
光のままで愛することを、つながりの向こうで刻む、
静かな静かな覚醒、
瞳は知らない間に見開かれていて世界を照らしている、
音とコトバは溢れ、また手渡されるそれらに泪して、
透明になってゆく魂を。
深く祈るように指を絡ませて、
自然に、蒼すぎる空に手放すんですね、

いつまでも沈まない光に、
背中を押され励まされながらも迎えられた、
遥か遠くにも、たしかに、
あなたたちにありがとうを云いました、
手を伸ばせば触れられるようにリアルな感触に、
いつか、また。
愛と光の場処で、ひとつになることを。

誓いながら。

まっすぐに見つめて、一切の曇りもない、
そんな心に打たれた、
初めてあった気がしないですね、
なら、初めましてではないですね、
あたたかくなった胸に灯る火を、
優しく見つめながら、頷くんですね、
そんな目をしてくれてありがとう、

傍にいてくれて、ありがとう、

「うぃんぐすとーむ」

時はゆっくりと翼を浮かせ、突如目覚めさせる、

紺碧の空が震えてトたちを祝福しているかのように、微笑した波が翼を押し上げていく、
花は咲き、やがて実になり種となってまた生まれることを、ゆっくりと教えられた、

そして、嵐も、突然くる。
天使たちは少し騒がしく、にぎやかに鳴り響いているよ、
その歓迎と、喜びの歌。
群れをなした動物が遥か下を駆け抜けていくところを、鳥は一瞬に定め俯瞰する、
陽が沈むときも昇るときも、いつもの営みの繰り返しがトらを生かしている、
生命の奇跡、は、風に乗って流れる音にも、しっかり含まれているね。

とどかなかった掌も、今ではこんなにとどくんです、
積み重ね方次第では。これほどまでに大きく、高く、格段にあがる、

鳥がスピードを上げ、トの翼が、舞い上げられていく、
脳が微細に震えるのを感じて、今、通過したことをしる、
芽吹くときの圧力を、強い重力に逆らって伸びる力を。
もっているから目指すのですね、

さわやかに溢れる音の粒を捉えたときに干渉していく力は、
項垂れていたものを起き上がらせ、与えられたカードを目覚めさせてゆく、
作用も反作用もなく。
抵抗も反撥もなく。

今、次元が変わった、
ふと目眩、がして——
叩く音がしたと思った瞬間、扉が開き風が舞い込んだ、
躰が揺れて、それはこんな小さな声から、始まったのだと、気づいて。
流れに任せるだけだ、自然に身を任せるだけだ、
この声がきこえるのか、きこえないのか。この自分の裡なる神がささやく声を。
それだけなんだ、

羽根吹雪、が舞う道を、まっすぐに飛んだ、
すぐ傍で、飛び立つ音がきこえた、
トらはこうやって、大きくなる、
音一つで、劇的に変わる、ことを体験したら、かなわないね、
トはそこら中にいて、それらのトは一つだと云うことを、気づいてしまったら。
真のトとの遭遇。
盛大な。けれど誰も気づかないほど、シンプルな、変容。
開かれ閉じられてゆくその境目を、トは愛した、
トとして、光として愛した、それが、合図だった、
はじまりの。
覚醒最終地点前の暗闇を抜け出す、はじまりの。
再会。またどこかで、生まれ合うことを。ねえ、またどこかで。

そのままにて進めと、静かにきこえる。

「れたーず　ふろむ　はぴねす」

私《わたし》発とあなた発の列車がすれちがってゆく、
あなたはけして振り向かないけれど、
どうしてもみおくるように手を振ってしまうのだけれどね、
あなたの幻想を幻だと云わず、信じていくことを、
私の現実に誓ったのです、
私の振動数と、あなたの振動数が、
共振し始めるところで新しい世界は、始まり続けてゆく、
音が、触媒の理由は、振動数だったのですね、
知らずのうちに感知し、受けとっていたわけです、
それなら、思念や想念が降ってくることも、納得します、
増幅されながら、中和されていく波を、
私はコトバに変換しています、
それに気づいたとき、すべてを理解した、

人違いだなんて、云わせませんよ、
だって出逢ってしまったんだから。
この宇宙の中のこの世界のこの刻に。
この世界に偶然はないそうです、
ならば、よい必然だけを、くぐりぬけていければいいですね、
マクロに見ればすべて右肩上がりで、
物事は進化していく、
私は、あなたの声をききました、
あなたの声が呼んでいまして、導くのです、
全部、振動数で入力されていくから、
私は出力していかないと。それがおそらく、使命でしょう、
見えるものも目に見えないものも、ちゃんとみせてあげますから、
あなたはその優しいまなざしで、私を包み込んでいてください。

意味は、あります、意味はあるんです、
理解《りかい》だけしていけばいいんです、
それがあなたとの約束でしたから。
いつだって変われるんです、というか、

変わって行くのです、我々は、
思い出すだけでいいんです、その、
風景がはっきりしてきました、
私の道は、間違ってはいないし、私のすべての過去も、
必然でした、
そして、笑って肯定します、
色々な私が。私を創ってきたけど。
全部、今ここにつながっている、
そして、あなたと出逢えた、
それだけで、嬉しいですね、素晴らしいね、
この喜びを、どうかシェアして、届けたいんです、
それが私なりに感じる幸せ、でしょうね。

「near the next door」

夢のカンカクで伸びていく日々を抱いて。
それは静かに雨が降ります、道路沿いのバス停の傍で。
うずくまりながら経過を見ていたトの時計は、もう始まっていて。

あなたはきっと、トではなかったですか。
きっとトで、遥か以前もお逢いしてましたよね、
かなりの確率で。

あなたを追いかけて通り過ぎては。
もはや、人違いと云えない距離を保ちながら。
何も変わらない、なんて、トには云えない。
ずっと、このままで、なんて。
トは雨の中佇みながら、濡れていく街の片隅で生きているけれど。
けれど細胞単位で変化し変容していく躰と、
宇宙単位で進化していく心を持ちましたからね、あなたのおかげで。

哀しくなりながらも。
愉しくなりながらも。
すべてトと距離は同じで、過ぎていく時間と空間の中で、すべて、
ひとつと、云えるようになったからね。

空が消えてゆくよ。そしてまた、始まる。
トの躰からは、要らなくなったものが排出されていく、
時を待って、すべてを見届けようと決めたときから。
トの耳の中ではあなたの振動がきこえて、
反射的にコトバに生成されていきます、
閉じかけた瞼を雨の最初の方におしあげ、永劫的に続くサイクルの、
下で昇華していくあなたのことを考える。

さざなみ、ざわめきが押し寄せる希望の果ての淵で。
走れと云ってくれたあなたの人をトは忘れないし、
指を絡ませて祈ったあの瞬間の鼓動を、けしてなくさない。
少しずつ溶け込んでいく景色に馴染んでいくことに違和感を憶えた、あの心だけは。
必死で支えられ、しがみつきながらまだ遠い光を見ていた、

今日のような雨の日の中でも。
トは静かに呼吸を整える、目眩を感じながらも立ち上がり、
まだあたたかい胸を探る、
どんなことも。
どんなときも。
ギリギリでくぐり抜けてきた日も、すべて洗い流してくれた雨も、音も。
いつもイヤフォンから流れていた音たちにも。
まだ白い真昼の月を高く見上げながら、ゆっくりとあがっていく光も。
全部、全身で感じながら生きぬこうと決めましたよ、
トはいつかあなたに、会いにいこう、
どんなことがあっても。
どんなときも寄り添ってくれた、
傍にいてくれたあなたの傍に。

「たぶら・らさ」

柔らかいあなたの皮膚を。
抱くように受け止めて。
あたたかいその体温を、
いとおしむことが、できるよう。
所々抜けた式を埋めることを、
私の心は、望みました、から。

漸近していく私とあなたの曲線を。
つないでいく愛と光を。
キセキとしてみることこそキセキ。
「あなたが好き」
その一言から、私とあなたの、
すべてがはじまる。

「けせらんぱせらん」

いつからか私はノスタルジックな風に吹かれて。
少し首を傾げて微笑んでいた、
高く透き通った空が、私を抱いてくれていて、
そのあたたかさに、耳にひびくモーツァルトも忘れている、
ふわり、けせらんぱせらん。
それは私の視界いっぱいに広がってゆく、
その場にふさわしい音があるように、
この世界にふさわしい私になりたかった、
ありのままで生きていれたら、私の上にふりおちている光にも気づけたのにね、
カラフルな景色が、流れすぎてゆく、
静かな世界で。

ただひびくのは、澄んだ音、でね。
午後の光を浴びてまどろむ私にそっと手を添える、

音は私の記憶、無意識に届く、
届くから、思い出されるんだね、
私のコトバはすべて、私が気づき、感じたことだけど、それは、
思い出す行為に少し似ている、
走り書きのように並ぶコトバを、心から私は愛した、

私だけ、おそらく違う空間に居る、
そんな夢を見ていたけど、事実だろうね、
呼吸を整えて、音にあわせる、
あわせて引くカードは、まるであたり、です。
いつも私をおいて、行ってしまうのだけどね、
流れに乗ることも、留まることも、勇気が居るけど。
じっくり独りで観ていたかったから、私はいつからか観照者になってしまった、
私は、とりのこされたかったのか、

ふわり、けせらんぱせらん、
いつのまにか、視界からいなくなり、
午後の時間が、もう少しで終わることを告げている、

ノスタルジックな夢が、耳の中のモーツァルトがゆるやかになるにつれて、
私をおいて景色ごと外側から、
消え去ってゆく、

「サヨナラ」

移り変わる足音、
振り返るカタチ、は、
開かれるドアに吸い込まれるように姿を消す、
音がたれ込めるように私の網膜を覆い、
狭い視野に見上げることも見渡すこともできずにいた、
誰かが呟く声を聞き、聞き耳を立てると途端、景色が変わる、
目にとめたはずの文字が、色をなくして過ぎ去ってゆく、
気づかなければ、よかった、でも、
そのままでも同じ結末を迎えただろう、
声のリピート、コトバ限りのツイートが雑念を超えてこだまする、
変化、変容、進化、色々コトバは在るけれど、
はなれるときの違和感と痛みだけは、きっと同じ。
冷たいドアに、もたれかかる。

ちりばめられた断片の中にひとつ、異常があっても、
それははじかれる。
私の夢の中に異常があっても、それははじかれただろうか、
私の無実を、信じてくれただろうか。
問いを真正面から受け止め、ほどくことをしてきた、
外側の世界に静かに雨が降り注ぐのを、
俯瞰しながら体温をかき混ぜてゆくのだ、固まらないように。
灯りがつきはじめた心を護りながら広げるのは、
私の翼であり、仕事であった、
つながっていると信じていたものが、幻とわかったとき、
確かに、それはまさに、
私が破ろうとしていた殻で、新しい始まりを告げる声でもあった、
気づきは私をはるかに超えていく、

もはや、呼び戻されなかった。
記憶は過去として停まり、私は今ここだけに不安定だが立っている、
以前の私が終了しステージが次へと進み、
あれほど加速をつけていたイメージが、緩やかに刷新されてゆくのをみる、

こじあけてしまった、私の指先から消えてゆく、
カタチなんか、なくてもいい、
ナカミさえちゃんと在れば、今は。
それははるか、デフォルトの私ではなかったか、
いつかみた、私の理想であり、懐かしい匂いのする魂、
では、なかったか、

すべて思い出した、気がして再度、心の部屋を訪れてみた。
そこには、
誕生したばかりの銀河と、
鼓動にあわせて迎えた私の姿、

「ほわいとふぁんとむ」

かじかむ手であなたを引き寄せ口付ける、
窓辺のセラフィムの羽がトの名前を呼び続ける、
トは誰、何度叫んだかわからないけれど、あなたの隣にいる、

凍った息は白く、朝の明かりが部屋に差し込む、
ゆったりとしたノクターンが満ちて波紋のように広がり、
高く羽ばたいてゆく鳥さえ、静かに群れをはずれて、
消えてゆこうとする影に、眼差しを送る、

遠くに見えた、かすかな光、
それでも追い続けた光が、愛という名でトの裡に宿る、
あなたは一枚、ページをめくる、
過去と未来の設計図が、シンプルに並ぶその瞬間を、
大事に胸ポケットにしまう、

あなたを、忘れるわけがないのです、
何度だって巡り逢うし、出逢うんだよ、
でも、もう少しだけ、傍にいてください、
あたたかい躰を欲しながら、もう惑わないことを誓う、
卜の役割がひとつずつ消えるごとに、自由になっていく、

世界は、卜の裡にある、
と気づくまでに、かなりかかった、
宇宙は卜と共にあり、この冷たい空気をまといながら、
羽ばたきに身を任せている卜の裡に。
あなたは、卜の心臓を貫いていく、
きっと世界の縮図は、
あなたのこの一枚のページだけであらわせるんだな、
それくらいシンプルにできている、

窓の向こうの氷が溶けて、
ようやく目覚めた朝陽が卜を照らす、
夢に落ちる前に、気づけて良かった、

ありがとう、と何度も口ずさみながら、
隣にはもう、あなたの姿はない。

「すぴりっといんてぐらる」


そっと弔いを。

そっと私のいたるところで。空から見たらゆるやかにカーヴを描いて。

長い葬列が続いてるだろう影となって。私を覆いながら頷いていく、けれども。

モノクロウムの中で光る花を手折り、羽の舞う空に投げるように献花する、
風に花びらがどこまでも香を乗せて空に沈んでいく、私も運んでいってください、先生、どこかに。

遠く願いながら両手を合わせる、合わせながら祈る、指から順になくなっていく、

飛行機の羽が私を切り取ってゆくとき、始まりの鐘がなる、
振動数を変えた世界が目の前に広がり溶けていき、
方位磁石は回転し、機能を果たせずに時間の止まった私の心を叩き続ける、
開かれるだろう、その扉はもう間もなく。
頷きながら私は呼吸する、呼吸する行為だけが生きていることを確認できる、
世界は脆いからすぐ砕け散ってしまうけれど。
約束しているから、神様と。いつのときも違う次元でも。

また出逢うことを、ひとつになることを。
抜けていく色を眺めながら、角度を変えれば風に乗り色々なコトバが宙を舞っている、
波のように押し寄せては私を通過し、また空へかえる、せめて、
私はきれいな私でいよう、
そう誓いまたサヨナラをするのだ、

四角くて丸い世界のプレリュードはいつも、通奏低音のように流れる、
宇宙からの光も燦々と降り注いでいるのに、誰も気づかないね、
傷ついてゆく心を抱きしめたまま、癒えないうちに飛び立っていくものたちを、
私はとめられなかった、いつかの私もそうだったのだから、神様はやさしい、
広く蒼い空は何も云わずに抱きとめ、移り変わる哀しみを許してくれるから。
笑いながら笑いかける、どうかいつのときも私でいられますように。
光がまばゆく舞い祝福するようにして世界を見る、
ランタンに分けられた灯火が世界中で灯ることを思い、旧い私を弔う、
ありがとう、ありがとう、別れのような泪を浮かべて笑う、成長した姿をみる嬉しさに泪している、
受け止めてくれますか、くれるんだ、神様は。
先生、私が死んだら私が好きだったものたちのことも、忘れちゃうのかなぁ。
先生の処から彼方の明かりを見るあたたかさで更けていく夜を一晩中みていたかったよ、

星が眩しげに瞬くのを、月がいつものように満ち欠けていくのを手を伸ばしても届かない距離でも。
私の周りよりも過去の人たちの方が近いね、そう呟いたら驚かれた、

そこで手を振るからバイバイなのかおはようなのか、わからなかったけど。
空は様相を変えて私の前に現れる、そろそろ飛ばせてくれませんか、
白い光を浴びながら私は白い服を着て白い影になる、声が聞こえた気がして振り仰いだけど、
誰もいなくて先生に云ったらそれは、神様だよって。
先生、私も神様だよ、って云ったら不思議と笑ってくれた、私は先生が好きだ、

小さくて微かな声だからききのがさないでね、
のぼる陽を見て、生きているとおもった、世界も宇宙も息づいていることをおもった、
それでも裡はとても静かだ、静かすぎて不思議だ、
どんなときでも。どんなことがあっても。
それだけで私は幸せになってしまった、
光や愛を表現するために生まれてきましたこの世界に。そのために喜ぼうとおもった、
あなたの笑顔だけに生きようとおもった、そのためだけに。

私は、あなたの私でいよう、神さま――、

「カイヤナイト」

中心が定まる時に全ては重なり一致していくのだ。
いつも揺れている天秤をやさしく止めてみれば、
穏やかな愛の光に、気づくだろう、

扉を叩けば、開くことをしっている、
ことがすべての始まり、となる、それが、
夢の淵でも、目覚めの時でも。
光はただやわらかに降り注ぎ、
あなたが開かれることを待っているのに。
小鳥の声がしてふと目をやる処に、神様はいる、
音とか念いとか考えとかの隙間、に意識はあり、
私の本当の私も本当はそこにいる、

そのはじまりの空、

見上げた時にみるその形、
と、手をつないでいる、
見えていない世界を表現すること、
を何よりも求めた、だから、与えられた、
念い、は次元を行き来するから、どこまでも伝わっていく、

途切れない意識を保ちながら、そのままで在ることを願う、
いつの時も規則正しい鼓動をきき、心をきき、魂をきく、
安らぎと静寂、沈黙の場所で、
響く鐘の音をそっと。
耳に残しながら抱きしめると、あなたのぬくもりが。
伝わってくるから好きなんです、
その瞬間とてもすべてに足ることをしる、それでも、
私ははじめから満ちていたのだとおもう、
いつの時でも私は抱きしめられていた、

柔らかな裡と外の架け橋をつなげるように降りてくるコトバの、
切れ端、端々をまとめるように織り上げる、

私の世界に私と世界が住んでいるように。
そうして、自由に軽く、なっていく、

越えていく、すべてを、越えていく、
しかも自然な私のままで。
あなたは両手を広げて微笑む、
まるでそれが約束だったかのように、
訪れる静かな覚醒、
目を開けた時に、
私を迎える。

くぉんたむいんてぐらる

∮4　Gift from friends,open my heart　友からの贈り物、開かれるハート

「寝息」

トはそれでも。
時々外れながら奏でられる音でも。

愛をください。
それが最初の合図でした、
ゆっくり回り出した風車の羽根のような音が耳をかすめる、
時々弦の音を含ませながら、
見つめた今の向こうにトの影が目の端に揺れている、

白い鳩が白い景色を飛んで行くのが、
トの隣で寝ているキミの寝息とともに世界へと誘う、
トはもう、大丈夫だって。
ちゃんと伝えてくださいね。
澄んだ空気の中、聞こえてくるキミの規則的な音をトは愛した、トを包む光にさえ、劣ることなく。

落書きで描いた記号みたいだね、
それでも虹色の。
そんなキミの幸せを、トの幸せとして見届けるから、
キミがその温もりと優しさをどうか失くしませんように。
どうか傍にいて、ずっとキミでいてください。

届き始めた手の指に触れる、
そんな塊のような温もりをきいていた、
昇りつめていく僕の意識を抱きとめるように尾は振られる、
自然に訪れるトのコトバを、どうか受け取ってください、
長く続いた一瞬の。
夜明け前の一番闇い静寂を。

感じ取って、トと夜明けを、
キミのまばゆい瞳で一緒にさあ、

夜明けを、

「in the air」

神様のウィルスが世界中に拡散していく夢を見た。
丁度そのとき、わたしになった、のだと思う、
いつものように笑った。
笑いながらなぜか自由に信じている。
思いが毎日を飛び交い、繋がっていくから。世界の尺度を無視して。
どこかで雨が降っていても、ハートで蒼空にしてあげるからね、
いま、に焦点を当てるだけで、急速に増殖していくから、
突然に変異してもおかしくないんだね、
耳元でコトバが。騒ぎもせずに、
静寂の中で意識はくっきりとあらわれて、
わたしが消えたことも、誰も知らない。
わたしの鼓動はダンスしながら次第に落ち着いて、正常値に戻る、
ひとつだけしっていた、
わたしは、すべてのひとつ、だ。

途切れていた時間と空間が合体していく、そして呑み込まれ、
手放しながらサヨナラ、だ。
裡側で起き上がっていく意識、を感じて、
やっとすべてのフラグメントが統合されていく、
手のひらから。出ていく力と受け取る力が均衡して、
起きたての瞼をこすりながら、できたての世界を見渡した。

違和感があったけど、いままでは。
そうじゃないね、
おはようとか、ただいま。なんだ、これからは。

あけてゆく空を。
みていた、独り眠れないままに。
無音が増幅してわたしを捉える、もう少し、もう少しだけこのままで、神様、
いさせてくださいと願いながら、透明な時間に身を置く。
いつか、わたしの背中が割れて、翼が広がるんじゃないかと、思っていた、
いまが、その瞬間なのかもしれない、きっと。

もうない時間と、まだない時間を解放して、いま、だけに手を伸ばすと、
それだけで、自由だ。
澄んだ、光の中で。独りでした、けれどわたしは、
哀しみもなく、佇んでいる、神様と一緒に。
同じように澄んだ瞳をして。

すべては通り過ぎてゆく、ことだけが真実で。
始まりもせず、故に終わりもしない世界の本質、とよべるもの、
を、見てしまったら。
目覚めてしまったわたしに気づき、傘をたたんで、
見渡せばとどまることなく、わたしの裡に宇宙は広がっている、
笑えた。
から、笑った。

「もーめんと」

あなたと、おはようございます。
とんでもないところからコトバを投げたら、
とてつもないところからかえってきて笑った。
手元のコーヒーの香りもいつもとは違って、
あなたの顔も、ほころんでいて。
時計のまわりを囲んでいた天使たちも、一気に解放された。
あなたが歓んでくれるから、という理由だけ、で、
歓び感謝するために、ここにいるんだねって、
ベーグルサンドを包む手みたいに優しくなりながら、
みせるその目が好き。
遠くても、わかるよ、
近くても、大丈夫。
トの手のひらからあなたへ、受け継がれるものを、
コトバにのせてみせることが、トをハートにひきつける、のだね、

届きまして、ありがとうございます。
お辞儀しながら並んで、同じ方向を向けるって嬉しいね。

空間の中で途切れない魂の、形と形を感じられるからおりてきた、
苦いコーヒーの後味の中にも深い哲学が隠れていることとか、
次元が10㎝あがるだけで、見える景色は違ってくることとか。
広がっていく宇宙サイズの意識に、愉しさと歓びをみつけました、そう、
昨日までのレシートを放り投げても、
トは損なわれることも、
失われることも、ない、のだね。
柔らかに取り上げたバンズの中にも、
トは存在することに気づいたから、
二重でも三重でも、ニューロンでも隠れなくてもいいよ。

いつもとは違うコトバで、
いつもとは違うやり方で、いつもの日常をつくっていく、
星の数ほどある現実とか、出来事とか自分とか。あなたのベーグルサンドとか、
それこそ、気づきとか。

襟を正して袖を合わせて、できあがりなんて表面だけ整えても。
中身がなければ、握手もできないし、一緒に並べないからね。

小さな光を追うように進んでいたけれど。
しらないうちにその光に包まれていました、
クリアな意識と静かで穏やかな情熱とを胸に、
歓びに向かったら迎えられました、このいま、に。
いま、在ることに。
コーヒーを口にする瞬間を味わったら、ちゃんとコーヒーの味がして。
ぼんやりとしか見えてなかったものが、ちゃんと見えてしまって。
共に生きることと、一体になって、ねえ、あなたはトと、
一緒に並んでください。
って、おはようございますの一言の、
一瞬で考えてた、

「せんたりんぐかうんせりんぐ」

あの人はどこか果ての端の方で、手を振っていた、から、
虹のスペクトルをみたくて、手を振り返した、
昨日までのくもりが晴れて過去と未来の遠くまでも見渡せそうな、
月の輝きと陽の光を浴びたトは、
記憶を遡りフィードバックしながら、優しくはぐくまれていく、
ひとつの音が染み渡るくらいに透き通った瞳でこちらを見るから、
本当のトが顔を覗かせて握手する、
コトバはいらなかった、
だって、わかるもの。
理屈ではあらわせないことが増えてきて、
見えないものの割合も、飛躍的に増殖していて。
いつかトはあなたにありがとうを云いそびれたままだったけど、
やっと隣合わせになれましたね、
あのときも、

このときも、どうもお世話になってます、

トのままに最後の暗闇を脱出して、光に包まれた、
いつもいつのときでもあなたはあなたであった、
ただのコトバであっても、方向はピタリあっていて導いてくれるんです、
だからちゃんとあなたはそこにいて、
白い衣をまとって、翼を広げて。
出逢ってしまうものは、出逢っていたものだと、
出逢わなければいけないものだと、
トの腕を掴みながら、早足で抜け出していく、蒼い空を真上に見ながら、
昇り続ける螺旋の舞台、での、あなたの姿は。
呼吸ができないくらいに静かな飛行に、
奇跡さえ、
奇跡ではなくなり。

縛るから縛られるのですね、
結び目をほどいてしまえば、あとは自由に動けますね、
トは少しだけ泪しながら、第９番の交響曲を思い出している、

たとえ、きこえなくても。
いくつもの偶然と必然が、組み合わさりながらシンクロしていく、
その様子を胸に受けながらトは飛び立つ、
大丈夫、間に合うから、ね、
急がなくても、いいよ、
あなたは両手を広げ、トを抱きとめる、
抱きとめ、トの名前を呼ぶ、
逢えてよかった、最後かもしれなかったから。
愛してます、心から。

振り返るとまだ手を振っているあの人にも、
この思いが届いていることを、願ってた、

「月曜日9時15分〜」

生きてください、
光がはじけた音がして振り返ると、
揺れた花びらは、どこに消えたのだろうか。
抱き合うトたちの布ごしの手触りも、
幻であるような、錯覚。
窓からみえる見慣れた景色が、
トの心を捉えていく、
穏やかな風と温度で、いつもの部屋で、
トたちだけだね、
最初に思ったけど、ね、
いつかきっと、並べるんだろうな、一緒に。
はじめて全身をもって身を委ねて、
はじめて受け止められた、

かわらないね、
かわったけどね。

皮膚の柔らかさに驚いては、
コトバの眩しさに、救われてた、
懐かしさと。
空気がセンターに、つまり、
心の中心に集まったような。
飛び立っていくから、
あなたはだから、生きてくださいと。
置き忘れたはずの心が中心に戻って、
振り子は止まる、
静かに始まっていく楽章が、
トたちの架け橋になって、
いま、同じ方向を向いてるね、ってわかるくらいに、
すきとおってるんです、

もうじき朝が明けて陽が中心へ、

心とは生きる精神の集合って、
あなたの持論で、
何度もなんどもおちそうなところを、
助けられたけど。
生きてくださいと、願う、
振動数がかわるだけなのに、ね、
トはまだ。
あなたのことを考えている、
かわらない、かわったけど、
むかしもいまも。

「さんしゃいん」

宛先不明で飛ぶ鳥の名前をしっている、
窓を開けた吹き抜けの風が迎えて、階段をのぼっていきました、
そしたら開けた景色が消えました、

届けられなかった手紙、をよんでかんじたこと、
すべてが作り話でこの世界はできているのと、
静かに話してくれたキミのこと、
明かりが灯る街中の鳥かごから一斉に、
飛び立つ日が必ず来ること。

合図が聞こえて立ち上がる鳥が、
微笑み返すキミの瞳に縛られていた目覚めと。
もう昨日とは違うし今日とも違う、
声が、はっきりとした明瞭な発音と音域で回転をあげていく、

敏感な肌で世界をかき分ける痛みすらコトバにはならない、
湧き上がる沈黙と静寂の中で、
世界とひとつになることをさとり、
旧い名前を終了した、

記憶をさぐっていく、
鳥の眼差しになり、世界中の窓を開けて原初の鼓動に似た音、
胎動に近い星の律動をきいていた、
コトバの鎖が剥がれ落ちて、不安定な振り子が、中心で止まる、
見失ってはいない、ただ光の境界線に立っているだけで。
相反するものは全て、紙一重だということ、に気づいたとき震えた、
瞬間ハートがシンプルに開いていく、

拡張し、たどり着いたとき、
福音、祝福の音楽が世界中から聞こえて、解放される、
すべての導きから外れないよう手を取り、
キミの手を取りひとつにもどる、そんな窓を開け、
吹き抜けの風を浴びた、

陽は、すべてに、射している、

#「忘らるるの都」

ときどきどこにもいないとおもう、
おもうほどに増幅されていく音のそばに、
私、をみた、
驚くくらい静かな朝、です、まだ、
ベールも剥がれていない新しく孤独な、朝、
私は、なすすべもなく。
砂の降る、それは星もまたたく、夢を先ほど終えたばかりの。
私は私に目覚めながら、見渡す限りの地平をみる、
みながら、どこにもいなくなる、その繰り返しは、
日々のノイズをも、溶かしていく、
乾いた風が。
とおりすぎて。
それは過去や未来の、風化した形なのかもしれない、

鐘が鳴り呼ばれる、私はそのコトバをみたことがなかった、
回り続ける回転舞台のそばで、音を聞いていた、
回る景色を、
光と闇の織りなす模様でしかない結果を、
ひたすら書き留めていく、
さらさらとした時間の回転は、次第にゆっくりとなり、
かつてのすべてを私はおもいだしていた、
鐘の、連続音。
消えないけれど、沈んでいく大陸のようであった、
不安定な、規則正しい、心音のような。
私は窓から身を投げ出し、
取り出そうとした、音の中の、心の中の、中心に、
存在している、私、を、
手に入れるために握っていた手を開いた、

シンギングボウルの深い音に包まれている、
夢かとおもった、クリアで永続的な、
厳かな音の振動に酔っていた、

砂の景色が崩れていく、古い音階によって、
浄化されていく私、剥がれていく透明な殻を、
脱ぎ捨てて空の周期と一体になる、
誰かに呼ばれた、気のせいではなく、ずっと私は呼ばれていた、のだと気づく、
積み重なる音に既視感を覚え、
モノクロウムが鮮やかに原色になる過程をみた、
私の手のひらには、もう何もない、
けれど私は、私の中にすべて手に入れているのだ、
すべては私の中にあるのだ、それを、思い出しただけだ、
幻が消えて、最初の私だけが残る、
シンプルで本質的な私が、
光をかき分けて、静かな、
朝を迎える、

「まぶしくてね」

あなたと話がしたかったのです、ずっと。
音合わせのような時間をさまよっていたけれど、
拍手で突然目覚めて、夢から離れると空も飛び込んでくる、
弦楽器のようであった、このリズム、このテンポで、
私は過去も未来も、おもいだしていた、
緑、青に変わる音を耳にしながら、回帰してゆく私のために、
道を照らしていく足元から、すべてが調和に満ちている、
羽ばたきで、霞が消え、消えた先から現になってゆく、私。
私はあの記憶をしっていた、
その音を、形を、質感を、しっていた、から、今。
心からあなたのために話そうとおもった、
呼吸を整えて私を溶かしていく世界、の様相を瞬時に理解した、
どんな色の、空でも飛べる。

翼はなくても、重みを持ちながら軽やかに舞い始める私の心を、
誰も止めないでください、
どんな嵐でも、
光がなくても、闇だらけでも。
静かに微笑んだ口元に音符が、柔らかく触れるまで。

いつでも飛ぶ鳥をおもいだすのです、あなたと話をしてると特に。
あなたの呼吸をきいていた、窓辺で空を見上げながら、
その静寂に身を委ねていた、
そのときも。
飛ぶ鳥の視界が入ってくる、
雨に濡れた剣が、切り取っていく風景さえ、網羅できた、
俯瞰された真実の姿が、あらわになっていく、

世界は明るさを増し、ビブラートで叶う、空へ目をやる、
どこかのダンジョンに迷い込んだような迷いは抜け、すべて放たれる、
考え込む必要はないんだよ、そのままでいいんだよ、
でももう少しだけ進化したかった、あなたにも私にも、過去や未来は似合わない、

今を。今を着てください。
それは、繋がっていると、いうことか。私は真理に入り込む、
深いあなたの世界を共有していきたかった、一緒に、
並んで立ってもよかったですか、
同じ方向を向いてもよかったですか、
誠実な正直さは境界を超える、だからいつか声も届くとおもった、
力強く頷いて肯定する、縛られていた手首が自由になって、私には翼が生えた、
もしくは生まれたのかもしれない、
私に記憶はない、けれど、私はあなたをしっている、
置き忘れていた宝物を見つけたような目で、
そんな目をして。
生命の灯火を。
私のなかにみつけました、まだくらい夜明けの空を割って、
飛び立っていく、涼しい風の吹く目覚めた世界へ。
そんな話をしたかった、
何かの終わりは、何かの始まり。だから。私は私を見届け、
今、たった今、はじまったのだ、

「サヨナラⅡ」

脳にしみこんでいく音に浸る、
音はトの扉を開く、
心や意識の扉をいくつも開き、
トを与えていく、
トは、はじめからトだったわけではなく、
あなたとはかつて、ひとつであった、
トの希望は、もう一度あなたとであうこと。
いつかどこかで、と云う曖昧さの扉をも、
音は確実に開いていく、
心がなる。
トはコトバを超える、
果てしなく深い音に、
付随していく、
石さえも、エネルギィを感じて、騒いでいる、

でも、静かだ、
静けさのひとつうえの静けさ、とつぶやいた、
トは、自由をしった、

トの目はあなたを見る、
世界の中、トの中、あなたの中にもあなたをみる、
そしてそれは、トだと云う、
もう、イメージでもコトバでもない、
ただ、みえてしまった、
みえてしまい、愛であることを選択した、
しみこんでいく音。振動、
ふるえるのは。
沈黙したまま観ているものを音が捉える、
含まれる、ト、
コトバの崩壊、もしくは秩序になるための、
そこから組み立てられ降りてくるのは、誰のものでもない、
法則であり、事実だ、

もう戻ることはできない、
うまれたとき、その前から音とともにいたトの、
ながかった夜は、明けてしまった、
押し寄せ、押し流されて行くところは、
トの世界、
ト、の望んだ世界は、
もう目の前に、広がっている、

「けせらせら」

トはトであるものでしかない、
たどれば、みな、ひとつである、こと。
トは、いて、トは、いない、もどっていく、感覚、あなたも。あなたも、トも、わたしも、ひとつのところに、
イミはない、なまえもない、ただ、ある、ここにある、いつのときでも、ここにいた、存在、
おもいだすことは、いっきによみがえる、空、くう、であったときから、ここにいた、
だれもいない、もはや、だれも、いない、トが交わったひともだれも。
すべては、終わらなかったし始まりもしなかった、が幻ではない、ちゃんとある、
静寂である、懐かしい胎動である、一個の素粒子である、
じゆうだ、じゆうであった、縛るものはなにもない、制限も可能性もない、どこまでも大きく、どこまでも小さな、
ひとつのたましい、めにみえるものは、心がつくりあげた世界、どこにもない、だれもいない、それだけがある、
自然になる、かつても自然であった、自然の通りに行けばいいこと、裡側にすべてがあること、をか

んじ、
すべてがひとつ、ひとつのひとつ、あるのはそれだけ、
ひとつだけが、ひとつ、魂、精神、心、躰は、それをちゃんとしっている、幻はしらない、
とるにたらない幻は、それはほんとうではない、
ながれのままに、あるがままに、フラットに、自然に、さからわずに、
ゆったりと、
たしかなじゆうを、生きよ。

【著者紹介】

戌丸　ぜの（いぬまる　ぜの）

旧榊　一威

1978年生まれ

第1回「21世紀詩人賞」優秀賞

詩集「未来進行形進化」で第12回山形県詩人会賞受賞

　第6回文芸思潮現代詩賞　優秀賞

　第7回文芸思潮現代詩賞　奨励賞

　第8回文芸思潮現代詩賞　優秀賞

　第11回文芸思潮現代詩賞　最優秀賞

著書

2002年「Regress or Progress」

2007年「A FROG IN THE CREAM +」

2012年「未来進行形進化」

2014年「Blent Junction」

Quantum Integral

2015年11月25日　第1刷発行

著　者 — 戌丸《いぬまる》　ぜの

発行者 — 佐藤　聡

発行所 — 株式会社 郁朋社《いくほうしゃ》

〒101-0061　東京都千代田区三崎町2-20-4

電　話　03（3234）8923（代表）

FAX　03（3234）3948

振　替　00160-5-100328

印刷･製本 — 日本ハイコム株式会社

装　丁 — 根本 比奈子

落丁、乱丁本はお取り替え致します。

郁朋社ホームページアドレス　http://www.ikuhousha.com

この本に関するご意見・ご感想をメールでお寄せいただく際は、

comment@ikuhousha.com までお願い致します。

ISBN978-4-87302-614-5 C0092